帶着勇氣去調皮

給孩子的故事

孫慧玲　著

新雅文化事業有限公司
www.sunya.com.hk

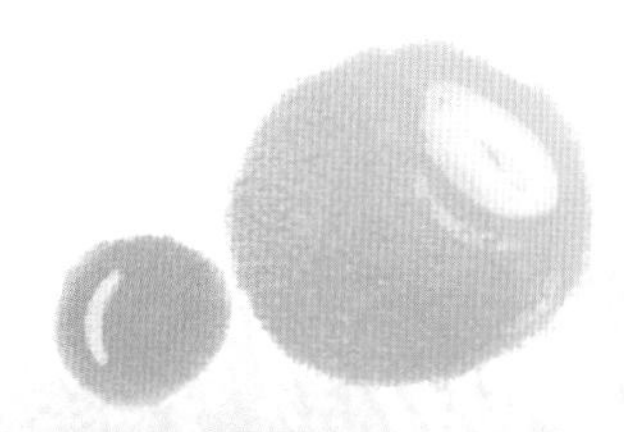

序

不用説教，為孩子講故事唸故事就好

孩子童年，不會再來，品格不能不教，成長不能放任。

在孩子童年，家長絕對值得多花時間，不間斷地以全部的愛心和耐性，講故事唸故事給孩子聽，這種在孩子身上的投資，使孩子從故事書中得到的詞彙基礎、背景知識和品格素養，才是孩子成長的最佳養分和最堅實的支柱。父母為孩子講、唸的故事書越多，孩子越能建立語文水平，為學習開拓平順大道，收穫成功與自信；孩子也越能感受到親子之愛，成為品格良好的開心卓越人。重點在伴讀者對講和唸故事時所表現的熱忱和投入。

這本書共有八個童話故事，以童話手法中的擬人和誇張，虛構的人物和幻想的情節，説出成長的道理：勇於面對改變和挑戰，才是成長成才成功的關鍵。

《帶着勇氣去調皮》的調皮鼠危難中抗逆求存，發揮了勇敢的本能；

《超級無敵搗蛋鼠》的搗蛋鼠在頑皮叛逆闖禍中表現了求生的勇氣，也明白了自由的局限性；

《貓從此不捉老鼠》的貓勇抗欺凌，知感恩圖報，從此不捉老鼠的原由；

《草捲壽司》的壽司犬忠誠堅強，勇於為生命拚博，結果感動大自然和精靈，助他化險為夷；

《三隻小豬出走記》在比較不同性格中道出堅持和勇毅才能成功的道理；

《我不是豬頭嘜》的小豬嘜勇救小主人，巧遇 AI 豬，正是童話中的現代訊息；

《與蛇共舞》的狼孩誤交損友惹禍，只有勇於改過，努力學習，提升判斷力，常懷感恩心才是正道；

《風雲變》是全書的終結篇，顯示孩子表達的勇氣和力量，提醒人們要以將美好的地球交給孩子作為使命！

八個故事，寫盡成長的調皮事，卻旨在鼓勵孩子勇敢堅毅，所以書目題為《帶着勇氣去調皮》。

每個故事後面附有為孩子寫的「與兒童文學名家對話」，用意在引起孩子對故事的更大興趣；同時附有「給伴讀者的話」，設計各種趣味性問題，方便伴讀者用來跟孩子聊書，在討論互動中，加強孩子對閱讀的興趣。

最後，多謝新雅文化事業有限公司董事總經理尹惠玲女士賞識，邀請我創作「兒童文學名家繪本集」其中一部，十分感謝；還有責任編輯胡頌茵小姐和嚴瓊音小姐的用心跟進，謝謝。

孫慧玲

目錄

圖：黃裳

帶着勇氣去調皮

我是一隻超級大膽調皮鼠，我長得下顎有點凸出，所以被叫做小兜。

小兜？這名字，我喜歡！

這天，我正躲在一個氣球中玩耍，突然，「篷」的一聲，熱氣球升空，哈，好玩呀！

熱氣球中沒有人操控，它越升越高，越飛越遠……

超級無敵大膽的我，開始覺得擔心了。

就在這個時候，我聽到一把溫柔的聲音說：「小老鼠，你飛得這麼高，要流浪地球嗎？」

「不是，我只是偷偷上熱氣球玩耍，不是想去流浪。」

「現在氣流向上，你的熱氣球已經被氣流越吹越高，越吹越遠了……」

我感到害怕了，瞪大了眼睛，張大了嘴巴……

「你是誰呢？你可以告訴我，我該怎麼辦嗎？」

「我是高氣流，我叫高妹，你就是乘着我，越飄越高的。」

「我想回到地面，你可以幫忙嗎？」

「如果你想向下去，你便要我妹妹低氣流幫忙。我妹妹叫低B。」

我差點笑了出來，但我忍住了。

「謝謝你，我要去哪裏找低B呢？」

正在說話中，突然，一架戰鬥機出現，二話不說，發出導彈，擊中熱氣球，熱氣球迅速下墜……

我在半空中跌出熱氣球，向下急墜，幸好遇到低氣流妹妹，她就是低B，她將我承托着，把我安全地送到了地面。你說是不是奇蹟？

地面上人聲鼎沸，一片混亂。

我跌在地上，十分驚慌，四處亂竄，最後躲在一堆瓦礫中。

在瓦礫的縫隙中，我看到人們正在不斷地掘掘掘，搬搬搬，救護車的燈不停地閃閃閃，機器不停地轟轟響，人們不停地叫喊……好緊張，好忙亂。

我小兜害怕被發現，便一直往裏面鑽，我要躲起來……

忽然，我聽到一頭狗說：「汪汪，小東西，你躲在下面做什麼？危險呀！」

牠發現了我，我只好鑽出頭來。我告訴牠，我是從天空上掉下來的。

「我不理你從哪裏掉下來，我是搜索犬。」牠根本不相信我是從天空上掉下來的。

「我告訴你，這裏剛剛發生過大地震，是很危險的地方，可能隨時有餘震，你不應該躲在裏面。」

喔……

牠還告訴我，地震發生已經好幾天了，搜索生還者的工作，還在進行中。

以我敏銳的感覺，我覺得在下面好像仍然有生命在活動。

我對搜索犬建議說：「喂，犬大哥，我的體型比你細小，我可以鑽縫入隙，如果發現生還者，立即通知你。」

犬哥說：「我嗅不到，難道你便找得到？不過，你可以試試。」

我小兜一頭鑽進瓦礫裏，不多久，便聽到很微弱很微弱的呼吸聲，我看見一個小孩，躺在瓦礫中，一動也不動，我立即大叫，但犬哥好像聽不見，我只好走出去，叫道：「吱吱，犬哥，下面有人啊！」犬哥立即坐下搖尾示意，通知救援隊前來搶救。

孩子救出來了，他還活着！

救了人，小兜我真的感到十分興奮，一個轉身，又再鑽入瓦礫中，救人去了。

我再不去想，自己接着該怎麼辦，自己的命運如何。

沒多久，我又發現一個小女孩，我再次出去，大聲叫道：「犬哥，下面有人！」

犬哥聽到，又立即通知救援隊。

我小兜鑽入鑽出，搜索犬多次反應，引起了搜索隊的注意：「咦，老鼠？」

搜索犬對領犬員說：「兄弟，今次能夠多救幾個人，完全是我的老鼠弟弟的功勞。」

救援隊覺得很有意思，決定收留我，訓練我，從此，小兜我做了地球上第一隻地震搜索鼠，和人道救援隊中的幾頭犬哥同吃同眠。

半年後，救援隊成立搜索鼠隊，我被升做隊長，帶領另一隻小老鼠，我給了牠一個名字，姓高名低B，來紀念氣流姊妹救命之恩。

孫慧玲對孩子說：

老鼠對人類有貢獻。由於 DNA 和人類接近，
醫學界愛用老鼠做實驗，研發藥物與療法，拯救生命。
在自然界中，每頭貓頭鷹每年捕食 1,000 多隻老鼠、
鷹每年捕食 1,500 隻老鼠、蛇每年也捕食 100 多隻老鼠……
一旦老鼠滅絕，食物鏈中的生態平衡就會被破壞。
老鼠經過訓練，可以成為孩子玩伴、
雜技演員，甚至擔當鼠警探和搜索鼠。

孩子的話：

給伴讀者的話

孫慧玲對爸爸媽媽說：

用故事，引導孩子提升抗逆力。
當孩子面臨成長的困難和挑戰，
要教導他們努力解決，
走出困境，不諉過於人，才能養成健康個性。
老鼠小兜勇敢機靈堅強，發揮自己的才能，
絕處逢生，不但不被消滅，更被重用。
引證了天生我材必有用的道理，
做人不要輕視自己。

圖：藍曉

超級無敵搗蛋鼠

一隻尾巴長長，嘴巴尖尖，眼睛小小，披着啡黑短毛的小老鼠，大白天，正在一間日式百貨公司裏逛，即使見到人來人往，也毫不害怕。

這就是我，超級無敵搗蛋鼠！

我的名字叫吱吱。

族長爺爺早已告誡我：「白天不要四處逛，被人類發現，鼠族將大禍臨頭！」

我說：「不怕，我四肢靈活，機靈敏捷，不會被發現。爺爺，你老了，膽小了嗎？！」

爸爸媽媽對我說：「人類有許多方法對付我們，你一定要小心，再小心！」

我說：「不怕，我有尖利的牙齒，堅硬如小鐵枝的尾巴，就算遇到肥貓也不怕！」

叔叔伯伯舅舅姨媽提醒我說：「百貨公司地方清潔，各類貨品排列整齊，很容易發現你的蹤跡的。」

我說：「才不是，你們不能只看外表，在顧客看不到的背後，是垃圾成籮，發出臭味，吸引我們鼠族聚居，同時也吸引了無數蟑螂和蒼蠅來湊熱鬧！我才不怕人類！」

在年輕一代的鼠輩中，我排行最小，出名頑皮絕頂，鬼主意多，愛冒險，愛辯駁，是無敵搗蛋鼠，最喜歡到處逛，最想和人類做朋友。

他們不是很喜歡米奇老鼠嗎？我也是老鼠啊！

在藏身的地方，我聽到人們議論紛紛：

「嚇死我了！死老鼠！」一個女人咬牙切齒說。

「我更怕呢！一見到老鼠，我便嚇得要暈倒哦！」一位小姐說，好像很驚恐的樣子。

「老鼠，壞東西！」一位老伯搖着頭說。

「沒道理的，這樣一間具規模的日式百貨公司，竟然有老鼠！」一位中年男士，嚴厲地批評說。

哈！我果真有這麼厲害嗎？引得人們議論紛紛？

這一天，我頑皮心一起，決定要做個實驗，看看他們一見到我，是不是尿急汗滴。

於是，我從藏身的縫隙中伸出頭來，故意把頭仰得高高的，但豈有此理，他們竟然看不見我！

於是，我躥前一步，冒出半截身體，把頭再仰得高一點……

唉，他們仍然未發現我。我終於按不住，一邊走出來，一邊昂首豎尾吱吱地叫。

「吱吱！我來了！」

「哈哈！我來了！」

「喂呀！看看我來了！」

一個矮小女孩，首先發現了我，她先是連連後退，然後哇哇的放聲大哭。

她的媽媽也看見了我，面色「唰」的變白，我故意向她衝過去，嚇得她雙腳亂踩，叫道：

「我爸爸屬鼠，你不要過來，我不想踩到你！」

「她爸爸是老鼠，我是她爸爸？！」我想衝過去和她面對面說話，誰知道，她跳了起來，就在她雙腳落地的剎那，一隻腳卻踩到我的身上，痛得我吱吱大叫：「你怎麼連你阿爸都踩呀！！」

人們亂作一團，「老鼠……老鼠……老……」，小女孩的媽媽扭傷了腳，瘋了似的大聲叫嚷：「我爸屬鼠……我爸屬鼠……我踩了老鼠……我踩了我爸？？叫經理來，我要投訴！」

我忍痛夾尾竄逃到櫃槽中……

抬頭一看，我好像走進玩具部，我沿着紙皮箱向上爬，跌進一個紙盒中……

突然，我坐着的東西震動起來，還凌空飛起……

「喂，小傢伙，不用怕，我幫你！」我在上面往下望去，一個小男孩，正在操弄着一個控制器。

「啾」的一聲，四翼驅動，我知道，自己正坐在一架飛機中，一架遙控的、可載物的最新型號無人機！我捏了一把汗……

飛機飛起來，下面的人全部仰起頭來，忘記了地面上的老鼠。

我瑟縮在飛機內，我不要被發現！

真好玩呀！真刺激呀！

做隻太空鼠，不被追殺，多好呀……

地球上，難道人鼠真的不可以並存？

我後悔了，我為什麼不聽從長輩們的教誨呢？我現在才明白，他們豐富的生活經驗，真的不是無用的！

遙控機一直向上飛去……

孫慧玲對孩子說：

小朋友，人鼠不能一起生活，你知道原因嗎？

- 鼠適應能力強，可以在任何地方出現，
  成羣結隊，隨處遷移為患，繁殖迅速。
- 牠吃盡所有食物，傳染疾病。
- 牠的門牙不停生長，所以一定要咬東西磨短，
  木頭、地氈、電線……造成破壞。

世界上最出名是哪隻老鼠？

孩子的話：

給伴讀者的話

孫慧玲對爸爸媽媽說：

孩子講故事，最重要的是趣味，討論互動，是一種趣味手段。

1. 人們要消滅老鼠，卻一直不能成功，為什麼呢？
2. 滅鼠，你有什麼方法？
3. 吱吱自恃聰明，性格反叛，不聽勸告，
   結果惹出什麼事？你有什麼意見？

要給予孩子自由度，但要以不傷害自己，也不傷害別人為底線。

圖：藍曉

貓從此不捉老鼠

貓為什麼不捉老鼠？

貓是從哪個時候開始不再捉老鼠的呢？

那要從貓和狗的生死鬥開始說來了。

貓和狗，從來都是死對頭，互不相讓，不相往來，如果他們能和平共處，相親相愛，一定會被人類大拍照片，大字標題報道的。

我叫妙妙，是一隻流浪貓，沒有主人家，習慣

獨立勇敢，所以性格強悍，善於保護自己。我頭大嘴闊，眼睛圓大，耳朵尖尖，牙齒爪子銳利；我腳輕掌軟，動作快捷，落地無聲，簡直就是天生搏擊手！

附近有幾條流浪狗，自恃體型高大，又結成黨，四處橫行，欺負弱小，多次企圖搶奪我的地盤！

這一年，我有了男朋友阿卡，在一條後巷建立起自己的小家庭，沒多久，便生下一窩小貓，每一天，阿卡會到鄰近找吃的，先填飽自己，再叼點食物回來給我，好讓我有乳汁飼餵小貓們。我和阿卡一家，生活得樂也融融。

有一天，阿卡外出覓食去，幾條流浪狗，忽然走進小巷，不懷好意地看着我和五隻寶寶，奸險地咧嘴笑了，還流着口涎說：「喂，小姐，生了小鬼頭，小姐變師奶唄！」

這幾條流浪狗更伸出狗掌要逗我的寶貝，我機警地站在兒女前面，全身的毛和尾巴都豎起，警告對方：「你們快走開，不要騷擾我的孩子！」

「看你，站起來豎起尾，也只有我一條腿的高度，喊什麼。」

這四條流浪狗，老虎狗叫阿跛，樣子兇惡，吠聲最響，是首領；牛頭㹴叫暴龍，脾氣最壞，最喜歡打架；拳師狗叫烏嘴，最愛咬噬弱小；混種狗叫阿汪，正跟尾狗，別的狗做什麼，牠就做什麼。四隻惡狗，生得高大兇惡，臭味相投，走在一起，四處搗亂，霸佔地盤，搶奪食物，無所不為，真是狗見狗怕，貓見貓躲。

四條流浪狗來到，故意撩事鬥非。拳師狗烏嘴首先使出一招「拳師掌」，就要去掃我的小貓咪。我做媽媽的，天性就是要保護孩子！我想也不想，一撲而起，彈跳到烏嘴背上，烏嘴立即扭轉頭，要對付我……

我知道，我未必能夠打退四隻惡狗，但我出盡全力，就是要保護我的小貓咪。

這時，牛頭㹴撲上來，張口對着我就是一咬，幸好我機智，一招「貓閃」，閃開，跳到地上，避過暴龍的牙齒。好笑的是暴龍來不及收口，牠鋒利的狗牙，正好扣着烏嘴黑色的嘴！烏嘴又怎能忍受這樣的侮辱，一轉頭，便和暴龍打起來……

牠們狗打狗，我當然守在一旁，看好戲上演。

老虎狗阿跛發覺不對勁，立即下令道：「不要自己狗打自己狗！」

四狗很有默契，隨即使出惡犬陣！把我圍在中間。

牠們四個欺負我一個，恃強欺弱，我只好奮力抵抗。

幸好我身手敏捷，左閃右避，避開牠們的攻擊。

我一貓力戰四狗，加上生產不久，漸漸氣力不繼……

就在這時候，「吱吱」聲四起，一大羣老鼠，不知道從哪裏湧出來，有的躥上狗背，有的咬狗鼻，有的擰狗尾……

小巷中狗吠聲震天，四條惡犬，一邊吠叫，一邊夾着尾巴，狼狽逃跑了……

貓爸爸阿卡趕回來了，看到「老鼠鬥狗」的奇景，也呆住了！

「貓捕鼠，是貓的天性，貓討厭你們，時常要對付你們，你們為什麼還要幫我呢？」我問老鼠們。

「狗欺凌弱小，撩事鬥非，我們看不過眼。你勇敢地保護自己的子女，天性跟我們老鼠一樣，值得敬重。」一隻年長的老鼠說。

貓，感恩圖報，從此再也不捉老鼠了。

所以現在的貓，最想做毛孩，寵物貓，受主人愛撫，只愛吃鮮魚和貓糧。

正因為這樣，貓漸漸失去捕捉老鼠的興趣和能力，所以再也不吃老鼠了。

孫慧玲對孩子說：

話說玉皇大帝決定用十二生肖來代表年份，
所以舉辦生肖大會，最早到達天庭的12種動物便入選。
貓愛打瞌睡，請好朋友老鼠在出發前叫醒牠，但老鼠卻獨自
上了天庭，還當選了第一名，回到地面，貓質問牠，
牠說忘記了。貓氣得大叫道：你不講信用，我不會放過你！
從此，貓和老鼠便成了死對頭。

孩子的話：

給伴讀者的話

孫慧玲對爸爸媽媽說：

為孩子講故事，要用問題引起孩子的興趣，培養理解力：

1. 花貓妙妙，有什麼本領？
2. 貓妙妙和阿卡小家庭，遭遇了什麼可怕的事？
3. 故事最後有什麼意想不到的結局？

作者安排了老鼠救貓，用意在說，生物相處間，會有許多矛盾，種了仇恨，但只要彼此不執着，仇恨是可以化解的。

圖：黃裳

草捲壽司

大人小孩都知道，有手捲壽司這種食物，但你們沒有聽過什麼「草捲壽司」吧？

這個「草捲壽司」的故事，是一個出乎人意料之外的，令人覺得緊張，卻寬心微笑的童話。

童話主角叫阿迪，今年四歲，是一頭在牧場生活和工作的牧羊犬。其實，牠的工作並非放羊，而是放牛。

大家看到阿迪輕輕鬆鬆的跑來跑去，動作簡單，體態輕盈，叫聲利落，會以為放牛是容易的差事，其實，人們不明白，要蠻牛聽從命令，得靠領

導和威儀。阿迪下命令簡短清晰，不含糊，不囉嗦；阿迪本領高，牠跑起來像疾風，轉身像旋風，呼喝起來又像颱風怒吼，令蠻牛貼服，不敢怠慢。

不是阿迪誇口，牠阿迪趕牛，一隻也不曾走失過。

阿迪還是小主人波波的保姆。波波只有一歲半，正在牙牙學語，蹣跚學步。波波性格好動，農場主人大波常常把他帶到牧場上，讓波波在大草場上蹓躂，小草會用柔軟的手護着他，令他跌倒也不會受傷。

七月的一個豔陽天，太陽的光輝映照在綠色的草地上，暖暖和風，吹得草兒輕輕擺舞。波波在草地上追逐他的小皮球，小草負責替他傳球；爸爸大波則在很遠很遠的地方，用剪草機替小草剪髮。

大型剪草機發出巨大的「軋軋」聲響，波波從來不敢走近，而且距離那麼遠，所以阿迪也很放心，把頭擱在前腿上，咪起眼睛半打盹。

咦，波波的笑聲怎麼變遠了，變小了？

阿迪警覺地站起來，兩耳豎起，說時遲，那時快，阿迪發足狗力，身體一聳，彈出六尺開外，直撲波波，千鈞一髮間，波波被撞開老遠，變了滾地葫蘆，哭聲震天！

待阿迪要再跳開時，剪草機已經壓了過來，草地上的小石子和小草見情勢危急，紛紛飛過來，小石子卡在剪草機的齒輪上，剪草機轟的一聲，停了下來！飛過來的小草叫道：「草捲壽司！草捲壽司！」它們團團的、緊緊的把阿迪包着。

小草和小石子，都拍手高聲歡呼，高興自己救了阿迪！

但阿迪，躺在剪草機下面，只覺得一陣劇痛，痛入心脾，不過，牠還是勉力抬起頭，看見波波安全了，才頹然倒下去。

剪草機上的大波，看見滾在六尺外狂哭的波波，他知道出了事，立即跳下來，跑到六尺外抱起狂哭的波波，一邊大聲叫道：

「阿迪，阿迪，你在哪裏？」

咦，剪草機前為什麼有一大團草？阿迪去了哪裏？

波波伸手在草卷中，拉出了一條尾巴，阿迪的尾巴！

大波和波波合力撕開那條草捲壽司，發現了阿迪。阿迪在草卷中動也不動！

大波把阿迪送到獸醫處。

迷迷糊糊中，阿迪聽到以下對話：

「牠撞到頭部，到現在仍然未能醒過來，可能不行了。」

「不！你無論如何要救活牠！」語氣堅決。

「即使救活了，牠也可能成為植物狗。」

「總之你無論如何要救活牠！」重複地強調。

這時，阿迪聽到主人的命令：「阿迪，聽着，你一定要活過來。」

獸醫深受感動，他對自己說：我一定要把牠救治好！

迷糊中的阿迪，看到手術機械臂，化作一個個精靈，協助獸醫進行搶救工作，還不時輕撫牠，安慰牠：「不用怕，有我們精靈在。」

阿迪對自己說：「我一定要堅強！我要活下去！」

有精靈的神助，獸醫成功地完成了手術。

只有阿迪看見機械精靈，在對着牠揮手微笑。

阿迪復原得很快，牠沒有忘記精靈的吩咐：「手術臂有精靈的秘密，你不要說出去。」

這之後，牧牛犬阿迪，改了個名字，叫做「草捲壽司」，來紀念這一次意外。

孫慧玲對孩子說：

狗有嗅覺靈敏，行動敏捷，能識別環境，跟蹤追擊。

（見孫慧玲著《特警部隊》系列。）

15世紀，法國國王路易十一，建立了一支軍犬隊，作為衛士。

二次大戰時，蘇聯的反坦克軍犬連，480頭軍犬，

銷毀了德軍300多輛坦克。

狗還被訓練作戰地偵察犬、掃雷犬、跳傘犬、救護犬，

搜索傷員和運送藥物。

孩子的話：

給伴讀者的話

孫慧玲對爸爸媽媽說：

為孩子講故事，要能掌握故事的細節，培養孩子的良好品格：

1. 在故事中，牧牛犬阿迪表現了怎樣的工作能力？
2. 阿迪是一頭有愛心的工作犬，對嗎？
3. 何以見得阿迪勇敢和臨危不亂？
4. 阿迪為什麼會變成草捲壽司？

如果每個人都忠於自己，忠於職責，他便是一個忠誠，凡事都能夠做到最好的人。

圖：Spacey

三隻小豬出走記

豬農都說：「家有一豬，如有一寶！」到底豬有什麼價值，人類要飼養我們，而且可以掙大錢？

我是一隻問題兒童豬，我好奇，我想知道真相。

我有兩個好朋友，小白皮毛白淨，胖墩墩的，只愛吃和睡；小黑皮毛粗黑，精力充沛，愛打「泥漿豬摔角」；我皮毛帶粉紅色，叫小紅，好奇心重，最愛思考。

這一天，天還沒亮，農場外便傳來刺耳的剎車聲，豬車來了！我在豬欄中站起來，看到人們忙碌地

搬着豬籠上車……

我不要這樣活下去，我要知道，人類為什麼這樣對我們？

天黑了，農場一片寂靜，我跑了出去找貓頭鷹博士，我向牠請教，牠告訴我：

「人類把你們養得胖胖的，因為你們身上的每一寸，都可以吃，都有用，都值錢。製成點心啦，做小菜啦，煮粥粉麪啦，煲湯啦，最奇特是那款豬皮豬腳豬筋配鹵水豬舌豬耳車仔麪……」

我聽得目瞪口呆，甚至有作嘔的感覺……

我感到很悲憤，大叫道：「我們做豬的命運，不可以是這樣的！」

我決定出走，我要改變命運！

我將貓頭鷹博士的說話，轉告小白和小黑。

「我們不可以坐以待斃，我們逃走吧！」我說。

「走？走去哪裏呢？」一個說。

「走出農場，睡在哪裏？吃什麼呢？」另一個說。

小白和小黑比我肥大健碩，卻原來是個膽小鬼。

「如果不走，你想等着被屠宰嗎？」我說。

牠們當然怕被屠宰，最後還是決定跟着我一起出走。

天邊開始泛白了，我們走出農場，左看右看，不知道應該到哪裏去。

農場鐵閘大開，我們乘機溜了出來，沒命的往山上跑……

我們決定先去山中匿藏。

出走第一天，小白已經覺得很辛苦，整天苦着臉嗷嗷叫：「我肚子很餓呀，我要吃的呀。」

下午，主人發現不見了三隻小豬，帶着獵犬上山搜索。

「山上有狼，小豬會給狼叼走的。」他說。

「汪，有我在，狼敢出現嗎？」獵犬阿強一臉自信地說。

我拚命逃跑，我不要被捉回去，小黑努力在後面跟着，小白落後老遠。

一聽到農場主人的吆喝聲和獵犬的吠聲，小白豬蹄軟了，跑不動了。

小白束手就擒，獵犬阿強迫問牠：「還有兩個逃犯呢？」

小白發着抖，說道：「被狼吃了！」說着，還流下眼淚。

「怪不得我明明嗅到氣味，卻找不到牠們。」獵犬阿強自恃絕世聰明，老覺得自己正確，所以相

信了小白。

我和小黑躲在山上樹林深處，我們沒時間像童話中三隻小豬般建磚屋，但幸運地找到了一個山洞，剛好藏身，好躲避狼。

山上越來越難找到食物，我和小黑也越來越消瘦了。

忽然有一天，我們聽到樹林裏傳出打鬥的聲音。走出洞外一看，一羣野豬正大戰狼羣，場面激烈，看得我和小黑心驚膽戰。

「這山上有野豬，有豺狼，又有主人和獵狗天天上山搜索，我們還是離開吧。」我對小黑說。

小黑猶豫了一會兒，低着頭說：「小紅，東躲西躲的生活，我厭倦了……我還是……」

小黑不願堅持，我又不肯放棄，只好自己走了。

我獨自一直走，一直走，走到海邊。我相信，隔着海，獵犬不會嗅到我的氣味，不會再發現我。

只見遠處，一串島嶼散布在海上。

　　我毫不猶豫，向其中一個島游過去。我經過海龜島、海豚島……最後，我登上一個小島……

　　這個小島，住滿了雀鳥，貓頭鷹博士的家也在這裏。

　　從此，我便在島上快快樂樂地生活下去，每天還到貓頭鷹博士那裏上課，努力學習。

　　漸漸地，我粉紅色的皮變了啡黑色，毛變得粗硬了，我，變成了一頭野豬！

與兒童文學名家對話

孫慧玲對孩子說：

小朋友，你喜歡吃豬肉嗎？

豬除了作為食物之外，還是輕工業的原料，

可製成多種新產品，好像梳子皮鞋，

就是用豬骨豬皮製造的。

豬更為人類立功，被研製出新藥，防治許多疾病，

如肺炎、腸胃病……等。

現在小豬說，要出走了，要逃離豬場，你們說，怎麼辦呢？

孩子的話：

給伴讀者的話

孫慧玲對爸爸媽媽說：

為孩子講故事，用故事情節的變化，培養孩子的對比力：

1. 故事中的三隻小豬，為什麼決定出走？
2. 第一個退出的是誰？最後命運是怎樣的？為什麼？
3. 小黑有沒有堅持？
4. 小紅為什麼可以得到美好的結局？

性格決定命運，堅持就會成功。三隻小豬中，只有堅持到最後的小紅，能得到幸福。

圖：山貓

我不是豬頭嘍

我全身毛色烏黑，人們叫我黑毛豬，他們錯了，我兩隻前蹄是白色的，是兩蹄踏雪，我品種獨特，是豬中的貴族，通常被當作寵物飼養。我叫小豬嘍，請注意，不是豬頭嘍！

我的小主人是個男孩子，七歲，名叫林木，因為家在海邊，主人希望他精於游泳，只浮不沉，可是他卻天生怕水。小木身體瘦弱，個子細小，天生

智商只有四歲左右，不懂得照顧自己。

我不知道我的智商有多少，但我懂得照顧自己。我最愛吃，會慢慢咀嚼，不狼吞虎嚥；我愛乾淨，每次吃完飯我都會用前腿把嘴抹乾淨；我也會自己上豬廁所，不會隨處大小便，當我上廁所方便的時候，我會用屁股把門掩好，我要保護私隱唄，嘻。

這天天氣酷熱，午飯過後，女主人帶着我和小木到海邊去。我天生是游泳高手，女主人喜歡我陪她暢泳，她游自由式，我游豬仔式。

海邊大樹參天，倒映在清澈的水上，海水輕輕拍岸，太陽的絲絲金光，映照海上，使海水顯得分外温柔而多姿彩。樹梢上，坐着一隻小猴子，那麼的瘦小，並不引人注意。

由於小木不肯下水，女主人便囑咐他呆在岸上玩。

「小豬嘜，快下水吧。」女主人在海中叫道。她愛把我當作浮枕，或者泳圈。

不要看我笨重，我豬肺容量大，豬身脂肪厚，只要四腳輕撥，便能浮起身體，游婀娜多姿豬仔式，不像那些狗兒，要死命死命地划水，用力用力地仰頭……

忽然，我好像隱約聽到叫聲：

「媽咪，媽咪……」

我轉身一看，天！有隻猴子正在追打小木，小木一邊叫喊，一邊走入水中！

我豬身一扭，本能地開足豬力，全速向小木游去。

女主人也看到小木在水中乍浮乍沉，正發勁地游向小木……

豬浮力好，但說到速度，豬仔式又怎及得自由式？

或許是又太緊張又用力過猛吧，女主人忽然停了下來，面露痛苦的表情，叫道：

「小木，你用力撥水，把頭仰出水面……」女主人小腿抽筋了！

不懂游泳的小木很驚慌，雙手亂拍，拍得水花四濺……

那隻猴子卻在岸上拍手，跳來跳去，十分高興的樣子。

我擔心小木，發豬勁四腿划游，游到小木身邊，小木驚慌過度，一見我，本能地伸手便抓，一把抓着我的豬尾巴，死命地扯，我一邊盡力擺動身體，卻始終無法

擺脫他扯尾巴的手，我正在不知道怎麼辦的時候，忽然覺得拉扯力消失了，不對，我的豬尾巴仍然是被一隻手抓住的呀，小木的體重怎麼會消失呢？

我轉過頭去，看見一團黑色的東西，正叼着小木的衣領，幫助我將小木送上岸。

上岸，一看，原來是一頭黑豬！

此時，小木咳了幾聲，吐出大口海水，緩過氣來，臉色由白轉紅……

我轉頭找黑豬，他正在追趕欺凌小木的猴子，我大聲叫道：「黑豬大哥，感謝你啊！」

女主人吻了我，很激動的說：「小豬嘜，感謝你救了小木啊！」我開心得咧嘴笑了。

女主人將我救人事蹟寫了文章放上網，我成了英雄，電視台報章雜誌紛紛來採訪，電影公司還說邀請我拍一集，「機警小豬嘜之神勇救人事件簿」。

我更得到政府頒發，「豬頭嘜獎章」。

我看着那個獎章，咕噥着：「都說我不是豬頭嘜啊！」

這一天，我正在海邊教小木游豬仔式，忽然看見黑豬大哥在海中浮游，速度快得叫我吃驚，我大叫道：

「黑豬大哥，你怎可能游得那麼快呢？」

「啊，我是AI，游摩打式。哈哈哈！」黑豬大哥說。

我不敢相信自己的耳朵！

人類開玩笑嗎？怎的弄到連豬也有AI？

不想吃豬肉了嗎？！

孫慧玲對孩子說：

豬的叫聲，能透露開心或者不開心的心情。
小豬喝奶、奔跑和玩耍時，會發出短促的愉悅叫聲。
小豬打架、推擠，被閹割或在屠宰場時，
則會發出尖叫聲或低頻嗥叫聲表達負面情緒。
中國用AI協助養豬，被稱為「中國的豬肉奇蹟」，
你聽過嗎？

孩子的話：

給伴讀者的話

孫慧玲對爸爸媽媽說：

利用故事，培養孩子的想像力：

1. 故事中有哪兩個使讀者感到意外的角色？
   有什麼作用？
2. 小主人和小豬嘜，各自要面對怎樣的困難？
3. 他們應對險境的表現，有什麼不同？

只有順應時代，思路創新，才能更好地生存和發展，所以保持孩子的好奇心最為重要。故事中出現AI豬，正是童話中的現代訊息。

圖：Pik Ng

與蛇共舞

小熙是幼童軍，最愛閱讀一本書，叫《森林故事》。這一天，他正沉醉在《森林故事》中，腦海中出現故事中所描述的森林，不知不覺間，他走入了樹林茂密的熱帶雨林中，小童軍妹妹小嵐跟在後面……

只見大樹參天，藤蔓處處，到處野獸雀鳥，小熙一心要尋訪故事中那個被狼羣收養的狼孩。

在一棵盤根錯節的大樹下，一頭黑豹、一頭棕

熊，和一個年紀跟他差不多的男孩，正在午睡。小熙和小嵐興奮得兩顆心卜通卜通的跳……那個男孩正是《森林故事》中的「狼孩」！

就在這個時候，一隻體型健碩的猴子，靜悄悄地從樹上爬下來，迅速抓着狼孩，轉過頭便將他拋向其他猴子……樹枝樹葉沙沙作響，猴羣勝利的叫聲。驚醒了黑豹和棕熊老師，他們眼巴巴地看着猴羣，將狼孩擄走！

大羣猴子在樹和樹之間跳躍，將狼孩拋來拋去，小熙打開隨身的追蹤器，聽到狼孩嚷道：

「喂，樹葉和樹枝劃破我全身皮膚，好痛啊！」猴羣並沒有理睬他。

小熙擔心狼孩激怒了猴子，被他們從高處擲下，一定會摔死無疑。

小熙用傳聲器對狼孩說：「你不要激怒猴子，要想辦法求生呀。」

狼孩看不到地面，抬頭一望，一隻鳶正在空中盤旋，他立即用鳥語向他求救：

「吱吱，鳶哥，我是狼孩。我被猴羣擄劫，請將我的位置，告訴黑豹和棕熊老師，麻煩你了。」

樹下，黑豹和棕熊老師正在拚命的追趕，卻總是追不上樹上的猴子。

他們想到大蟒蛇Karr，他會爬樹，最愛吃猴子，是猴子最害怕的敵人。

他們找到Karr，他在曬太陽。剛剛脫皮，正好肚子空空。

這時，一陣鳥語從空中傳來：「吱吱，猴羣劫了狼孩，去了冷城。」

黑豹和棕熊喜出望外，用鳥語回答：「吱吱，多謝你了，鳶哥。」

小熙想：幸好狼孩學了鳥語。

冷城，以前是一座皇宮，現在卻是一片廢墟，變成猴子城，一片吵嚷喧鬧，毫無秩序。

狼孩對猴子首領說：「阿大，雖然老師說你們頑劣，欺凌弱小，不守規則，怕我學壞，但我還是喜歡和你們一起玩，你們為什麼這樣對我呢？」

阿大說：「我們不喜歡你被強迫學習，越學越比我們聰明。」

這時，黑豹和棕熊到達了冷城，阿大一見他們倏地將狼孩拋入一個坑洞中，黑豹和棕熊見猴多勢眾，知道惡戰避不了。

在後面跟着的小熙和小嵐，緊張得手冒冷汗。

小熙用電筒四處照，在黑漆漆的坑洞中發現了狼孩，坑洞內滿地是蛇！狼孩正在用蛇語求救。

「聽見了，小兄弟，不要亂動，小心踩着我們呢。」一條眼鏡蛇説。

在上面，黑豹和棕熊正被大羣猴子包圍，奮力作戰。

Karr來了，猴子一見大蟒蛇，亂作一團，驚慌大叫：「大蚯蚓來了！」

Karr蛇尾一甩，先將牆壁劈開，讓狼孩和大小蛇從牆壁缺口中出來了！

然後，Karr盤旋身體，左右搖動頭部，口中輕輕地哼着蛇曲，滿地的蛇紛紛跟隨，猴羣亦像被催眠似的，向蛇陣靠近……

忽然，天空上傳來吆喝：「猴子猴孫，你們想死嗎？還不快快滾回花果山去！」

小熙和小嵐認得他：孫悟空！

猴羣被大聖一喝，醒了，爭先恐後，夾尾竄逃！

災難過去了，狼孩向Karr行禮説：「多謝你救了我，將來，我一定報答你。」

為了救他，兩位老師都受傷了，狼孩慚愧地道歉：

「今次事件，都是因為我不聽教誨，跟壞猴子交朋友，是我不對，請懲罰我。」

兩位老師慈愛地説：「你以後要更努力，認真學習生存技術和知識，有禮貌，尊重其他生命，才可以避開災難的。」

狼孩轉過頭來，對小熙和小嵐説：「多謝你們幫忙，森林危險，快回家吧。」

小熙和小嵐正想上前和他握手，忽然，森林消失了……

《森林故事》

孫慧玲對孩子說：

中國古代神話中有伏羲和女媧，人面蛇身，備受尊崇。
古埃及，眼鏡蛇被視作保護神，
國王把蛇裝飾戴在拇指上，代表最高權力。
古希臘，醫者將蛇纏在手杖上，到處尋找草藥，
手杖上的蛇成了醫藥之神的象徵。聯合國世界衞生組織和
大學醫學院的徽記，就是用蛇作為圖案的。
印度有不少蛇神廟，供奉蛇神像。

孩子的話：

給伴讀者的話

孫慧玲對爸爸媽媽說：

利用故事，培養孩子的分析力：

1. 狼孩在交朋友中，犯了什麼錯誤？有什麼後果？
2. 黑豹和棕熊老師，對狼孩嚴格卻又慈愛，如何見得？
3. 狼孩用什麼方法自救脫險？
4. 脫險之後，他又表現了怎樣的性格？

人心不同，看人不能單看表面，要看本質。最重要的是，努力學習，提升判斷力，常懷感恩心。

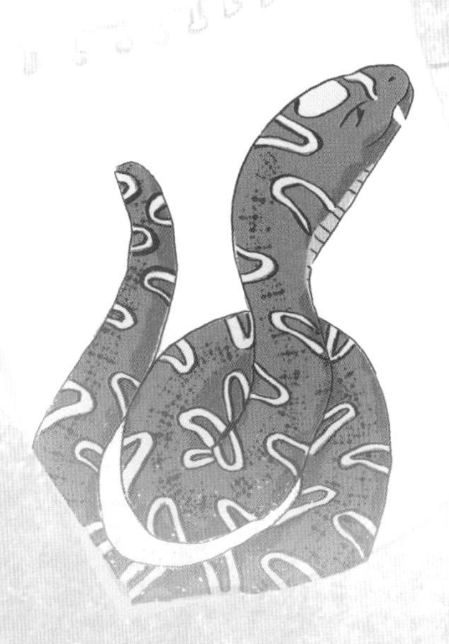

圖：山貓
風雲變

風和雲是兩姊妹，爸爸是天空，媽媽是大地。她們健康快樂，生活優游，最愛運動，尤其是賽跑。她們一賽跑，人們的讚歎聲，便此起彼落，彷彿為她們打氣：

噢，清風颯颯，涼快極了！

看，天上白雲舒捲，多漂亮啊！

玩髒了，風姐姐會把雲妹妹推上更高空，讓她和冷空氣打個招呼，降低溫度，嘩啦嘩啦地下一場雨，把自己和姐姐洗得乾淨，順道給爸爸媽媽擦擦背……

有時，風和雲的好勝心太強，比賽便會激烈。風按耐不住脾氣，加快速度，一時忘形，形成暴風，甚至旋風，破壞地上的一切；雲呢，又豈甘示弱，來個黑雲湧現，烏雲翻滾……兩姊妹弄得天上氣流洶湧，航機顛簸，小鳥也紛紛匿藏起來。

當她們玩得太過分時，天空爸爸便會嚴肅斥訓：「你們要尊重生命與地球，不要胡鬧！」

大地媽媽也出言教導：「你們姊妹，應該和氣相處。」

她們也很快地握手言和，手拖着手，到處玩耍去了。

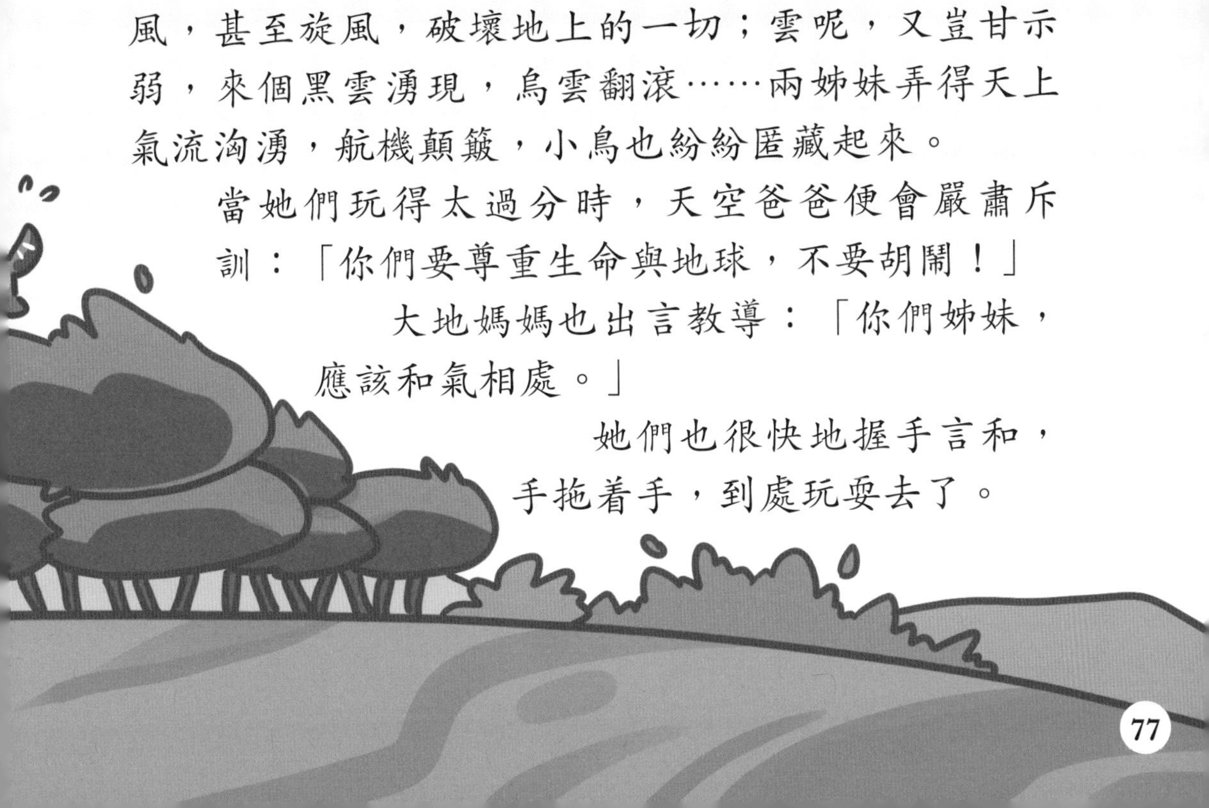

不知從哪時開始，自然一族覺得身體越來越差了。天空爸爸的皮膚變得很壞，長了膿瘡，痕癢難當，最後甚至傷口穿洞，流出血水。地球媽媽也終日嘔吐，吐出白綠黃紅色的泡沫，發出陣陣惡臭；有時又放出黃啡色的屁，衝上天空，人們說那是火山雲。

風和雲姊妹呢，則患上了情緒病，脾氣暴躁，時常大打出手，弄個風起雲湧、風捲殘雲、風雲變

色……雷和電兩位表兄弟受刺激，也加入戰團，來一場雷電交加，雷閃電擊，可憐地上到處天災為患，洪水滔滔，山泥傾瀉，橋路被沖崩，汽車被沖走，房屋被沖倒，人畜被閃電擊傷，家長冒險帶着孩子在水高及膝的路上涉水逃難，有些更被沖得跌到地上……

風和雲也後悔自己患上情緒病，造成了天災，正急忙苦思善後計策，歐洲那邊忽然又傳來爆炸聲！

戰爭正在蔓延，敵對的雙方，正在互相轟炸對方的油田油管軍事基地，燃起熊熊烈焰；還有許多處的導彈試驗和不為人知的地下核爆，大地媽媽受到焚燒、衝擊，又痙攣嘔吐發作，引致這邊地震，那邊火山爆發……風姐姐被火焰一灼，踉蹌跌倒，撞向雲妹妹。雲妹妹又嘩啦嘩啦地翻滾起來……

這時候，地上的人們慘切切地喊道：「老天爺，求求你停止天災吧，我們受不了了……」

「太陽公公，你快快出來吧。」小孩子也合着小手祈禱。

太陽公公慈祥地說：「我難道不想出來散散心麼？你們看，核爆、導彈、油田大火，砍伐森林，捕殺動物、還有無數的膠袋、不停的廢氣……人類破壞王，令我們自然一族受到嚴重的傷害，我們又怎會有健全體魄，來為你們服務呢？」

已經有好幾個月不能到公園玩耍的孩子，苦苦哀求道：「太陽公公，你可以代我們向風姐姐和雲姐姐請求，請她們不要發脾氣，好讓我們能夠在清風白雲，陽光和煦的美好環境下玩耍嗎？」

風和雲，一個咳嗽，一個流鼻水，聽到太陽公公和孩子們的說話，反而向孩子們請求道：「求求你們回去告訴人類，請他們停止對地球作破壞吧，好嗎？」

月亮姨姨說：「如果你不怕月球苦寒，我歡迎你們移民，月球上已經有我、玉兔和吳剛三個居民呢。」

小孩子終於明白，這些年來地球種種災禍的成

因，他們決定集體抗議，他們相約世界各地的孩子，一起大聲抗議！

救救地球！

不許再破壞環境！

把一個美好的地球還給孩子！

呼叫聲發揮魔力，把那些破壞地球的自私鬼，給震得從椅上、牀上滾了下來，變了一個個葫蘆，滾到大街小巷、山徑海邊……

孫慧玲對孩子說：

牲畜打嗝、放屁、排洩要交稅？正是！
紐西蘭徵「甲烷排放稅」，理由是牛羊排放出的臭氣含
大量甲烷，損害地球臭氧層。
綠色和平組織建議人們多吃袋鼠肉，
說袋鼠肉營養豐富，含較少膽固醇和脂肪，
吃後不易打嗝脹氣，消化不良，有助降低臭氣排放。

孩子的話：

給伴讀者的話

孫慧玲對爸爸媽媽說：

利用故事，培養孩子的正確態度：

1. 故事中，地球發生了怎樣的不尋常境況？
   是什麼原因造成的？
2. 小朋友決定做些什麼，挽救地球？
3. 所有不愛護環境的人，最後受到什麼教訓？

人類的貪婪，導致地球環境急劇惡化。將美好的地球交給孩子們，讓他們有良好的生存環境，應該視作人類的使命！

孫慧玲

香港大學榮譽文學士、教育碩士、香港大學中文學院榮休講師、香港大學持續進修學院親職課程前講師。

兒童少年文學作家、專欄作家、兒童文學及創意教育學會會長、中國中學生作文大賽香港賽區評判、青年文學獎評判、小學中國語文教科書編審、兒童少年讀物出版顧問、中華文化促進中心文化項目顧問、香港書展兒童文化日特邀活動策劃及講者、獲邀參與香港書展兒童舞台演出多年、香港親子閱讀書會副會長、香港立法會教育角故事書作者及前教育顧問、香港第一支親子童軍二二九旅創旅旅長及旅務委員會副主席。

多次獲邀到公共圖書館、學校及社團主講親子及祖孫教養，親子閱讀講座、學生閱讀班及寫作班等。

曾任香港兒童文藝協會秘書及學術理事多年，對策劃及推廣多項兒童文學藝術活動工作不遺餘力，創辦全港兒童寫故事大賽及全港兒童繪畫大賽。現為「中國全國學生作文大賽」香港賽區評判。

擅長創作兒童少年喜愛的故事、小說、散文及劇本，作品近80種。得獎著作：《跳出愛的漩渦》、《真愛在校園》、《校園趣事多》、《口水王子的魔法咒語》、《旋風少年手記》、《魔鏡奇幻錄》、《快樂新一代》；近年新作包括：飛躍青春《旋風系列》三本、《特警部隊系列》六本、《新雅兒童成長故事集》三本、《小學趣事多》系列四本、《香港兒童文學名家精選之我愛光頭仔》、幼兒繪本《寶寶初體驗之旅》四本、成長書《成為傑出少年的十個方法》、教養書《祖父祖母正能量——孫兒這樣教》等，另有合集多種。

喜愛兒童，親近兒童，全心全意，為可親可愛可敬的兒童服務。

香港兒童文學名家繪本集

帶着勇氣去調皮：孫慧玲給孩子的故事

作　　者：孫慧玲
繪　　圖：藍曉、黃裳、Spacey、山貓、 Pik Ng
責任編輯：胡頌茵、嚴瓊音
美術設計：新雅製作部
出　　版：新雅文化事業有限公司
香港英皇道499號北角工業大廈18樓
電話：(852) 2138 7998
傳真：(852) 2597 4003
網址：http://www.sunya.com.hk
電郵：marketing@sunya.com.hk
發　　行：香港聯合書刊物流有限公司
香港荃灣德士古道220-248號荃灣工業中心16樓
電話：(852) 2150 2100
傳真：(852) 2407 3062
電郵：info@suplogistics.com.hk
印　　刷：中華商務彩色印刷有限公司
香港新界大埔汀麗路36號
版　　次：二〇二三年六月初版

ISBN: 978-962-08-8210-4

18/F, North Point Industrial Building, 499 King's Road, Hong Kong
Published in Hong Kong SAR, China
Printed in China